His Name Was Henry

PAGE 1

Його звали Генрі

PAGE 32

Inspired by a True Event

His Name Was Henry

*A Young Metis Farmworker Joins
a Ukrainian Boy's Family*

BY

Gordon
Gordey

HIS NAME WAS HENRY

Published by Gordon Gordey, Edmonton, Canada

Revised October 2025

ISBN:

Paperback, flip	978-1-77354-641-4
Paperback	978-1-77354-666-7
English ebook	978-1-77354-646-9
Ukrainian ebook	978-1-77354-647-6

ILLUSTRATIONS BY:

Dennis J. Weber *19*
Sofia Warring *4, 27*
Adriana Warring *16, 10*

Publication assistance by

PageMaster.ca

Introduction and Acknowledgements

The 1950s and '60s are decades past but they left an indelible imprint. I recall these imprints, complete with accompanying emotional memory, and share them in this story. My grandmother, Annie Gordey, is a keystone to this memory keeping. She would look me in the eye and say: "You, yes you, must remember everything." Her words have stuck with me from the start of my earliest childhood memories.

GORDON GORDEY

Thank you to Anna-Marie Sewell, Indigenous poet and cultural educator, whose reading of my drafts supported the truths of my memory by sharing her farm experiences of the intersection of our peoples. I also express my gratitude to Myrna Kostash who read my early drafts and challenged me to encounter the persistence it takes to grow one's storytelling.

Thank you to Dennis J. Weber, Metis artist and Fellow of the Canadian Institute of Portrait Artists (CIPA), (https://www.webergallery.com) for his book cover artwork. His presence as an ancestor of Louis Riel and his mantra: "Creating a bridge between our common experiences is what I value most in the art I produce" helped lift the sharing of my story. Thank you to emerging artists Sofia and Adriana Warring for their story illustrations. Their sensitivity captured the youthfulness of the characters working the land and the spirit of the elders who guided them. Thank you to Iryna Fedoriw who translated the voice of my story into Ukrainian. Thank you to Maryna Chernyavska for editing contributions to the Ukrainian version.

His Name Was Henry

He pressed his ashen cheek against the truck's side window to cool himself. I knew I would never see him again. My dad was leaving our yard to drive him back to the Trans-Canada Highway. Earlier that morning my dad picked him up on that same dusty gravelled Highway looking for a ride and better still, hoping to find work. Good fortune prevailed. He simply introduced himself as "Frank". After a lunch of left-over creamed chicken and freshly harvested garden potatoes, my dad passed Frank a new pair of work gloves and they were ready to head out to stack newly cut wheat sheaves into stooked clusters. I was sitting up against the side of the cattle watering trough letting its frigid metal rings pull away the hot sticky afternoon heat when the explosion broke my respite.

Frank, his ashen face now with a greenish tone, hunched over and bellowed a retch lasting longer than I thought could ever be produced in one breath. A puree of creamed chicken and potatoes burst forth in a stream that seemed far in excess of what he had consumed just a half hour earlier.

The stream seemed to suspend itself in mid-air and then dropped to the ground in one huge splash. The retching didn't stop even though there no longer was anything left. My dog Jack rocketed from my lap and attacked the mushy puree with gusto.

My dad offered the shaking figure some water and the retching finally ceased. Frank handed my dad the gloves, stumbled to the truck, and gingerly pulled himself into the cab. The mind had been willing, happy to have found work, but too many hungry hours on the road took their toll on his shrunken stomach. I saw my dad's truck turn onto the dirt road and soon a fine cloud of black dust was all that could be seen.

Jack darted back and forth trying to get me to chase him. Little did he know that when I caught him he would be going straight into the cattle trough to wash off the putrid smell of vomit that was wafting from his tongue and the hair around his snout.

Finally, My dad's maroon colored 1954 Fargo returned. He should have been back at least an hour earlier as it was only four miles to the Trans Canada. As he swung the truck into the shade beside the summer kitchen shack, I saw there was a passenger.

Had he not dropped the hitchhiker back at the Highway? But this time, the face that was pressed close to the glass was not "ashen". It was brown, the eyes were brown, and there were these bright white teeth that seemed to stretch from ear to ear in a huge grin.

As soon as this man's worn out leather oxfords touched the ground, a scruffy wet Jack, with bared teeth and ears flat, set himself in front of this brown man and let out a low rumbling protective growl. My dad came around the truck to check out the fuss. I began to run forward to stop Jack from possibly attacking. The man effortlessly squatted, opening his arms at the same time as he descended to lay his gunny sack down. His soft smile never left his face. A calm soft voice said, "I'm Henry."

Jack's ears went up. He came out of his crouch. His growl stopped and his big floppy tongue began waving back and forth. In what seemed like an instant, Jack bounded into the man's arms – his wet hair still not dried from his water through clean-up – and he began to give the man a tongue bath. I couldn't believe that this man was so at ease as he playfully stroked my dog's head.

I proudly said, "His name is Jack."

"Henry" gestured toward the water trough and told my dad he really needed to wash off the highway dust. My dad laughingly commented, "That's the cow trough". He told him to get the pail next to the cow trough and pump himself some fresh water.

So this was why my dad was an hour late. After the drop off of the ashen man, he had taken a drive along the Highway toward town on the off chance that another drifter might be in the area hitchhiking to look for work.

Henry stripped of his green cotton drill shirt and began what to me seemed like an overly thorough wash in the ice cold well water. I walked over to him

Henry and Jack become friends

with a bar of my grandmother's homemade soap and a towel from the summer shack.

With my free hand I firmly held on to the hair on Jack's neck to prevent him from slobbering over the now washed down Henry. My mom had prepared a plate of fried potatoes, which gave off an aroma of fresh garden dill, and some bread. There was no more creamed chicken (it having all been served to the ashen faced man earlier in the day).

My dad introduced everyone. Henry politely and quietly said he would only have a little of what my Mom had prepared. He hadn't eaten in a while and he didn't want to get sick. I thought this was a real good idea, although I was sure that Jack was disappointed.

My dad said there was still plenty of daylight left and asked if Henry was prepared to go stack wheat sheaves into stooks to dry for the threshing in three or four weeks. Henry enthusiastically replied he was but apologized that his hands were soft so he'd probably have blisters for a while. My dad tossed him the new work gloves – there would be no stooking bare-handed. They climbed back into the truck and left for the wheat field.

That night Henry settled into the hayloft above the barn. Our house had only one bedroom. I slept on an army cot in the living room. My baby sister slept in a crib in the kitchen. When morning came I was sent to the barn to wake Henry for breakfast but he was already washing up. He asked if I was going to bring his breakfast to the barn or to the summer shack. I confidently told him he was supposed to come to the house because that's where we have breakfast.

Henry stood at the kitchen door seemingly not knowing what to do. My dad pointed to a chair at the table and jokingly said in Ukrainian, "Sidai"- which clearly meant "sit down". This broke the ice and Henry sat down, albeit with his eyes cast downward.

This time he did eat: eggs and fried potatoes with many slices of bread covered with Saskatoon jam. We kept cows so there was plenty of milk to drink. He only said two things during breakfast. Henry said he wouldn't have any milk because his stomach was still getting used to food. He then said he didn't drink coffee. My mom made him some Red Rose tea.

Sitting down at breakfast gave me another chance to have a good look at him. He was almost identical in size to my dad. Both of them were tall and skinny. My dad's skin, although tanned from the summer, was very pale compared to Henry's brown skin. My dad's hair was a reddish brown while Henry's was jet-black. Both of them had the same long fingers that wrapped around their forks as they shovelled in more fried potatoes and eggs. Their forks made squeaking sounds across the green rimmed earthenware dinner plates as they mopped up every last drop of orange yolk.

I was eight years old and had never seen a brown skinned person up close for this long. Our community was a mix of Ukrainian and English families. The only person that I had been up close to for any amount of time that looked different from me was Mah Toysun who scooped me my ice cream at his Chinese-Canadian café. Jack had clearly shown me that Henry was his friend. I hoped that Henry would be my friend too.

My dad told me to go up into our attic and find his old work boots. My mom went into the bedroom to find some socks. Henry's gloves kept his hands free of blisters but his beat-up oxfords without any socks didn't help out the blister situation that had developed along his heels. Being that they were almost identical in stature, my Dad's old work boots fit.

The cows needed a new salt lick so my dad had to go into town this morning. He told Henry to take the tractor out to the far field to continue stooking. Henry politely said he'd like to just walk the two miles. My dad figured out his odd request in a heartbeat. "I guess I'll just have to teach you how to drive a tractor." Henry turned almost as pale as my dad. "Don't worry. I was a professional driver in the Army. I'll teach you, and you will be good at it."

Henry's big grin tightened at the edges and his eyes took on a look of terror. I was only eight but I knew what to do to drive a tractor. Sadly my dad wouldn't let me drive on my own because I didn't have enough strength to push down the brake pedal.

Jack and I stood safely behind the water trough. My dad stood on the tractor hitch behind Henry and put him through the drill of gear shifting, engaging the ignition, slow release of the clutch, and of course, braking. Before too long my dad jumped off of the hitch and Henry was on his own driving in large circles around the farmyard. Henry was pointed toward the open gate leading to the far field. He waved to my mom and gave an army salute to my dad almost knocking off his worn out khaki cap with the turned up peak.

His big smile had returned, and away he drove escorted through the gate by an admiring tail-wagging Jack. I was proud of Henry for not being scared to learn to operate the tractor and for my dad who had obviously found a harvest helper who was happy to be with our family.

The completion of the stooking led to bringing in the second cutting of the hayfield. I remember Henry appearing in the distance with the hayrack and going very slowly. This slowness of the horses would have been normal if the hayrack was filled and overflowing. But the hayrack barely had a few feet deep of hay across the deck. Henry called out for me to get my Mom.

Something was definitely wrong. I ran to the hayrack and there lying on the hay propped up against the front rails was my dad. My mom was in a panic but my dad called out that he was fine and that he had only bruised his back. As much as he tried to tough it out it was clear that he was in a great deal of pain. Since my mom didn't know how to drive and since Henry couldn't drive a truck, going for help had to happen by tractor.

My dad was unloaded and half-carried into the house. It was the first time I'd ever seen my dad in such pain and I was terrified. Henry took the hayrack and horses back to the hayfield. He left them there while he freed up the tractor and headed down the backroads to my Dido's *(Grandfather's)* place, a half-hour away, to get help. My dad explained the accident. Henry was operating the tractor and my dad was on the hay rake pulling together the hay into bundled rows for loading.

The hay rake tore apart a hidden ground wasp nest and the wasps attacked the horses that were obediently following behind with the hayrack wagon. Henry stopped the tractor and my dad jumped off the hay rake to get control of the horses. They bolted and the corner of the hayrack wagon caught my dad across his back and dragged him until Henry was able to fully gain control of the team.

My Dido and uncle arrived and it was off to the hospital with my dad. Dido saw how scared I was and assured me my Dad would be fine. Henry returned later with the tractor since its top speed was only four miles per hour. Later that evening my dad was brought home. He was using crutches to very gingerly walk into the house.

*The wasps made the horses bolt and the corner of the
hayrack wagon caught my dad across his back.*

I remember there was much whispering about how the farm work was going to get completed. At some point Henry was brought into the conversation. I didn't need to hear what was being said. I just knew that Henry was now going take on finishing the haying along with my mom. I was thankful that Henry had come into our family. I knew that I had to also step up to do my part to help with all the farm chores.

As those first days passed everything seemed to be going quite well - except for my dad's recovery. The menthol smelling Watkins ointments and pills for the pain were having no effect on his regaining mobility or reducing his pain. The wide pinkish brown adjustable back brace belt the doctor made him wear for support just seemed to make him stiffen up more each day. Often in the night I could hear him cry out as he tried to find a comfortable position on the bed. A second visit to the Doctor didn't produce any better results.

My dad was very frustrated. I had to stop myself from imagining that my dad would never be able to walk normally again. What would that be like? How could we possibly manage the farm?

One week later the pain seemed worse. Henry asked if he could take the tractor and go for a ride. It had been raining for three days and fall work was interrupted. It was fine with my dad, but I remember my mom being worried that Henry would just leave it at the highway and hitchhike away because there had been so much extra work for him to do. Henry drove off later that morning and we didn't hear Jack barking out his return until later that evening.

The next morning after breakfast Henry announced that he had something to say. By now, it was a bit unusual for him to look down at the table when talking to my parents since he was now at ease with our family. I shifted uneasily in my seat. I was sure my mom was right and that he was going to announce that he was leaving.

In a very deliberate, soft-spoken voice he said that he had been to the two neighboring villages with the tractor seeking the whereabouts of an "Old Indian". He said his grandmother had told him to keep a lookout for a friend of hers, a Cree "Old Indian", who wandered wherever his footfalls took him. He had left Red River region of Manitoba, where Henry was from, and was said to be living somewhere around Saddle Lake in Northeastern Alberta. Henry said he found out that the "Old Indian" was now camping in the bush between Innisfree and Ranfurly doing some trapping for a farmer whose grain field was getting flooded out because of aggressive beaver damming.

The story was getting interesting and any idea of my going outside to play, despite having strapped on my toy Kid Colt six guns, was going to have to wait.

Henry had explained my dad's back injury to the "Old Indian Man" who was a "healer". The "Old Man" said he always had his medicine bag with him and could fix things if my dad would let him. Henry asked if my dad was mad at him for using up so much gas in the tractor to find the "Old Man". I remember jumping back in fright as my dad shouted "Yes"! Henry too was taken aback thinking my dad's "Yes" meant that Henry was indeed in trouble for using too much gas in the tractor. Then my dad looked at Henry: "When can we get this done?"

Henry explained that the "Old Man" had told him that a "sweat lodge" had to be built and there were some plants that needed to be foraged. With harvesting work coming on in a few days as the fields dried, Henry thought it would take a week or more to complete the sweat lodge in his spare time. My dad wouldn't have it. He told Henry to drive to Dido's and get him to come out and help.

My Dido was a carpenter and it didn't take him long to grasp what a sweat lodge was and how Henry wanted it built. Henry went to our yard's fence line along the road and chopped down willow and poplar saplings. He stripped off the branches, stood the sapling poles in a circle, curved them over, and tied them off with haywire. Dido dragged long reel harvest binder canvasses from the storage shed and stretched them over the frame to enclose the structure. Henry then wove the previously stripped branches through the gaps where the harvest binder canvasses met. Old coats and blankets, that were stored in the barn to sometimes cover the cattle in winter, were brought to the emerging bowl-like shape and layered over the upper part of the structure to make it more airtight. Some home lumbered boards were hammered together into a make-shift cot. It was covered with a large old quilt my mom had brought over from the attic.

I had seen pictures of igloos in my school books and had built my own secret forts but this "sweat lodge" was the best playhouse I could ever imagine for myself! My dad watched what was happening and I could see he was frustrated with himself for being unable to help beyond letting my Dido and Henry know where to find tools and other things they needed. My mother busily carried on with the necessary daily chores feeding the cows, pigs, and chickens. I babysat my sister, but I couldn't stop sneaking peaks at the sweat lodge's progress.

I was relieved when Henry asked my mom if I could go with him on the stone boat behind the tractor and help him bring in stones to put into the sweat lodge. Dido was finishing the entryway and Henry had asked him to gather wood for a big bonfire close to the sweat lodge for the heating of the stones. By noon on the next day the sweat lodge with all the necessary firewood and stones was ready. Henry told me that the "Old Man" asked him to gather the sage bush for inside the sweat lodge and black poplar resin for a salve he would make after boiling it with birch fungus. My mom was asked to have goose fat, dry mustard, and garlic for the salve as well. I was intrigued and concentrated to remember all these details because my grandmother told me many times that I had to be the one who "remembered" things that could be used for medicines.

The day came when everything was finished. It was a very cool fall morning when Dido's green Chevrolet truck came down our laneway. Henry had told him where to find the "Old Man". He descended from the truck carefully and deliberately. He was indeed an "Old Man".

Beneath a well-worn old grey hat the Old Man had greyish-white braids tied off with leather strings. I had never seen a person with so many deep tanned lines on his face and on his forehead. His eyes were deep set and they had the same confident look as my Dido's. It was the first Hudson Bay coat I'd ever seen in real life. The coat appeared to be quite new and a contrast to the rest of his well-worn clothing and boots. The coat's four stripes –yellow, red, green, and black were extra bright in the morning light. This was definitely not the coat he wore when trapping beaver. Clearly he was proud to be here in a different role.

He had a small fringed tanned leather bag with some beadwork hanging from a strap across his chest and resting at his hip. He carried a small flour sack with basic camping out supplies. He walked straight over to the sweat lodge and then back to my Dido. The two "old men" looked at each other and then simply nodded. To me it seemed as if they had known each other all their lives. They didn't need to talk because each of them knew the other knew what

The "Old Man" arrived to heal my dad.

needed to be done. Jack was going back and forth between them as if he too was in on the unspoken conversation.

Preparations began immediately. Henry lit the bonfire and in about a half-hour a mound of hot coals began to glow. Dido rolled stones onto them. An acrid smell filled the air as lichen and dirt burned off the heating stones. Henry filled the cattle trough with water and placed several pails on hand at the entrance to the sweat lodge. The "Old Man" set himself up in the summer shack to use the stove to make up the salve from the ingredients we had foraged, the ones my mom supplied, and some others that came out of his leather medicine bag. He prepared two salves – one to use during the sweating and one to have my mom apply to my dad's back during the night.

Sitting upright in a chair against the house, my dad watched with curiosity and anticipation. Henry had told him a few days ago that the "Old Man" wanted my dad to stop taking his painkiller pills and to not wear the back brace belt the doctor gave him. He was also to drink as much water as he could every day. Jack kept pressing against my dad's thigh and putting his head on his lap, sensing he was in a great deal of pain.

When everything was near ready, the two old men, Henry, and my dad gathered by the house and had a smoke. The yellow Vogue tobacco can was passed around with the Zig-Zag cigarette rolling papers. Each man rolled his own. They smoked and didn't talk much. I watched from the bonfire because it was my job to keep piling on the firewood to make more coals. We had never had a bonfire that big because of the danger of fire spreading. I now understood why the sweat lodge had been built so close to the water trough.

After the "smoke" the "Old Man", in a voice soft and much like Henry's, explained what he would be doing. It was a short explanation. He looked at my dad. "You will lie down on the boards and I will make the steam. I will rub you down with some ointment and press on your bones. There will be more steam. I will rub you down again and press on you a lot more. You will be tough and strong. Tomorrow we will do it all again."

Dido and Henry took shovels and began rolling hot stones into two steel pails that Henry carried into the sweat lodge. Henry carried in the water pails along with an old tin can to be used for pouring water onto the hot stones. The steam build up had started. The steam that escaped through the cracks smelled like the sage bushes in our pasture during the rain on a hot day. It was a smell I loved.

The "Old Man", and Henry helped my dad walk from the house into the sweat lodge supporting him on each side. My dad wrapped his arms around their waists. He clenched his teeth so as not to call out in pain. I was scared not knowing what was going to be done to my dad. Jack too quietly stayed at a distance

The "Old Man", and Henry support my
dad walk to the sweat lodge

instinctively knowing that he shouldn't get in the way. At the same time I had this calm slowly come over me as I watched the care with which Henry and the Old Man slowly supported my dad's walk into the sweat lodge. I felt confident that the Old Man had done this many times before.

I remember we did three applications of fresh hot stones. I remember the "Old Man" peering out of the low entrance way of the sweat lodge, shirt off, and braids hanging limp, dripping wet. I remember Henry too removing his shirt as we stoked the bonfire and as he carried in more water. I remember Dido sitting in the chair against the house smoking and stroking Jack's head. I remember my Mom bringing out bologna sandwiches and tea with Saskatoon berry filled buns. I don't remember whether or not my dad made any sound in the sweat lodge. Sometime later the men half-carried him, wrapped up in the quilt, into the house. He looked fragile but his clenched teeth had changed to a small smile.

Dido drove home to be ready to return the next day. The "Old Man" and Henry settled into the barn for the night. I remember the "Old Man" telling Henry to get up at night to make sure the fire did not go out and lose its healing energy.

Late in the afternoon the next day the entire process was re-enacted. As the stones were heating the men again passed around the Vogue tobacco can. I was sure my dad had a small sparkle in his eyes. I gave my dad a gentle hug. He smelled of garlic, pine, and sage. It was a good smell. I wished I too could have a cigarette with the "men". The hot stones were carried in and Henry doused them with water. This time it only took the "Old Man" and my Dido to walk my dad into the sweat lodge.

Several hours later my dad emerged. Wrapped in the quilt he walked back into the house with only the assistance of his dad, my Dido. Jack followed closely wagging his tail sensing that my dad was feeling better. The "Old Man" and Henry washed themselves down with cold freshly pumped buckets of well water. Henry told me it was okay for the bonfire to burn itself out.

The "Old Man" asked Dido to drive him back to where he was trapping the beavers. He made arrangements to come back in a week's time to do another sweat lodge. "Rozomiyou" said my Dido in agreement. The "Old Man" had been around Ukrainians long enough to have picked up many words, so he understood Dido had said: "I understand". My mom had packed the "Old Man" some Saskatoon buns. They got in the truck and away they drove.

I now had my chance to sneak into the dark cavern of the sweat lodge. In the darkness the sage smells and old blanket smells seemed to just hang there on the moist air. I knew I would have a whole week in this amazing hide-out fort until the "Old Man" returned.

As Henry continued with the haying, my mom took to butchering chickens and canning them into jars for winter eating. I declared that I was going to take on feeding the pigs because I wanted to help out. Someone had to be the man on the farm while Dad finished his recovery. The best part was that a few days later my dad was out of bed. His walk was still stiff but he was smiling and he joked that Henry needed to finish becoming a complete farmer and learn how to milk cows. Henry gave it try. The easy going cow he was given sensed a stranger's fingers and wouldn't let the milk go freely no matter how hard Henry squeezed. My mom laughed at his attempts to get a milking rhythm going. The cow swung her tail as hard as she could to whip Henry across his face. Henry almost fell backward off his three-legged milk stool. He laughed and asked if he could leave the milking and go practice becoming a pig farmer. Everyone, including the cow, seemed relieved.

My mom administered the "Old Man's" salve regularly and my dad no longer called out in pain at night. The "Old Man" returned a week later. My dad walked out to meet him. The "Old Man" called out in Ukrainian, "Iak se mai'ish?" ("How are you doing?"). My dad replied, "Dooszhe dobre" ("Very good"). They both had a good laugh. Henry lit the bonfire, stones were heated, and cigarettes were rolled and smoked. The sweat lodge massage only lasted a couple of hours this time and after my dad walked back to the house on his own. All of us sat at the table and had lunch together.

The "Old Man" said he would not need to come back again. He looked at my dad and firmly asked, "Dobre John?" My Dad replied, "Dobre" and "Diakoyou" ("Good" and "Thank you"). I cannot remember if anyone spoke the "Old Man's" name. It didn't matter because he had everyone's respect for what he had done. Dido gave the "Old Man" the rest of the can of Vogue tobacco and a fresh pack of Zig-Zag papers. My mom had put together a small gunny sack of garden vegetables – potatoes, onions, garlic, turnips, and cucumbers.

Henry and the "Old Man" extended their hands on each other's shoulders. They did not hug. Henry promised he would pass on greetings to his grandmother. The Old Man walked over to my Dido and did the same parting acknowledgement. Even as a kid I knew that this straight forward parting was simply people helping each other out like I had seen happen with others of our neighbors.

The harvest continued. Within weeks my dad was back at work doing things that didn't require undue strain on his healing back muscles. All three of us took apart the sweat lodge. Henry and I hauled the fire pit stones to the chicken coop to reinforce the wood foundation against coyotes that would try to dig their way in to get to the chickens.

I remember the fall nights growing cooler and cooler. My dad said Henry shouldn't spend any more nights in the barn despite all the new hay that had been piled into the loft. He asked my Dido to come over and together with Henry they insulated the house attic with sawdust between the rafters to make it into a large warm sleeping area. The sawdust came from a large pile of sawdust generated by the home saw mill my Dido and dad had built. To my curiosity, my army cot was brought up into the attic along with the spare cot that my Dido brought over. Was the "Old Man" coming back? Would I have to sleep on the floor? No – the second cot in the attic was for me. Henry and I were to be roommates.

This was amazingly great! We even had our own coal oil lamp, wash basin, and water pail with an old enamel drinking dipper. I remember sneaking a look as Henry washed up and hoped I would grow up to have muscles like his. My dad was wiry and strong and would beat Henry when they arm-wrestled. But Henry had these muscles that bulged in his arms and chest. I wanted muscles like that. He was in charge of the coal oil lamp and would let me stay up late because I shared my comic books with him.

We'd lie there reading and then throw each other the comic book we had just finished reading. He liked my cowboy comics but he didn't care much for Casper the Friendly Ghost. I teased him that he was afraid of ghosts.

Harvest finished. Henry and my dad shovelled a wagon box full of wheat and took it to sell in town. I heard the tractor and the creaking empty wagon box returning from quite a distance away. As they pulled into the yard my dad slowed down and Henry jumped off the back of the wagon box. He was wearing a new pair of high ankle boots with bright orange leather laces which wrapped several times around the top of the boots. His pant legs were tucked in army style with two pleats in the front just as my dad had showed him. He was carrying a brown paper parcel that looked as if it had some clothes wrapped up in it.

That evening after supper, Henry took the kitchen chairs outside and set them up around a wooden Coca Cola crate set on its end to serve as a small table. My dad came out with the beige enamel water pail and went to the pump to get fresh ice cold water. My mom came out with our special occasion crystal glass pitcher and some drinking glasses on a cookie sheet that served as a tray. She made a second trip and returned holding a large jar of Watkins Lime Cordial nectar to mix into the ice cold well water poured into the pitcher.

The Lime Cordial confirmed that this was indeed a special occasion as no one knew if the Watkins travelling salesman would again be around before spring. This sweet flavourful Cordial was not available in town stores. Henry had never before tasted it and I could tell that his enjoyment was on par with mine. The fall air was still and filled with the distinctive smell of ripening wild cranberries on the bushes alongside the west side of our house. My sister was asleep. Across the yard Jack too was asleep pressed up against the cool side of the cow water trough.

Tomorrow Henry would be catching the Greyhound bus to travel back to Manitoba. My dad got a bank advance on the wagon box load of wheat he sold so Henry could be paid. My mom thanked Henry for finding the "Old Man", firmly believing that if this didn't happen my dad's bad back might never have been the same. Henry made them promise that his upstairs attic bedroom would be waiting for him at next year's harvest. He said he would try finding the "Old Man" again and bring him over for a visit.

As I went up to bed I heard them laughing and joking about Henry learning to drive the tractor but not being able to milk a cow. I drifted off to sleep thinking about the new comic books I'd hope to get to share with him next year.

The Greyhound bus pulled up and its airbrakes hissed in relief when it stopped. Henry and my dad embraced each other by the shoulders. Henry firmly shook my hand. I squeezed his hand back with all the strength I could muster. He then gave me a playful punch on the shoulder. Henry looked sharp in his new pants, boots, and checkered shirt as he climbed up the stairs onto the bus carrying an old suitcase we'd given him. He also had the bag lunch my mom had packed.

"See ya John!" he called to my dad. "See you in the comics, Gordon!" he called, and the bus door closed with a doubled snap-snap of safety levers. His smiling face pressed against the side window as the bus pulled away.

Will Henry be back next fall?

His name was Henry. I knew my mom and dad would miss him. Jack would likely be running back and forth to the road for days to look for him.

I couldn't wait for him to return next fall so I could show him how big my muscles had gotten. My legs would probably be long enough to be able to drive the tractor by then. That night the coal oil lamp was my responsibility.

When it came time to go to sleep, I put a few comics on Henry's bed. He was my best roommate ever.

-END-

Його звали Генрі

Молодий метис приєднується
до родини українського хлопчика
для праці на фермерському
господарстві.

Ґордон
Ґордей

Ґордону Ґордею було вісім років, коли його безтурботне дитинство на фермерському господарстві мало ось-ось обірватись. Під час заготівлі сіна його батько тяжко пошкодив спину. Гордон переживає, що Генрі, якого прийняли на сезонну підмогу по господарству, покине ферму в пошуках іншої роботи. Генрі й справді покидає господарство, але тільки для того, щоб відшукати «Старого». Далі слідує зворушлива розповідь про молодого метиса, індіанського цілителя, цілющі властивості хати-парильні й зближення сердець, щоб вистояти життєві незгоди. Натхненна реальними подіями, ця розповідь знову оживає як художній витвір. Юні читачі й ті, хто бажають заглибитись в життєлюбність сільського життя минулих 50-их, змушені будуть співпереживати разом із захоплюючими персонажами цього оповідання.

Історія, що торкається серця...Ґордон Ґордей переповідає спогад дитинства з 1950-х років, у якому переплітається життя українських фермерів та корінних жителів Америки. «Його звали Генрі» торкнеться кожного читача і відкриє для декого новий світ дружби між корінними жителями Америки та української діаспори, яка називає її домом. Оповідання слугує чудовим нагадуванням про важливість спільноти, готовність допомогти і прийняти допомогу. Історія змусить посміхнутися і залишить теплий післясмак дитинства.
Olenka Tsyhankova (Artist, writer, New York, Lviv)

Я купила в Арт галереї. Дуже зручно вчити мову також з таким форматом.
Viktoriya Redka, Facebook

1950-ті і 60-ті вже належать до минулих декад, але вони залишили незатерті відбитки в пам'яті. В моїй пам'яті ці відбитки викликають емоційні спогади, з якими я вирішив поділитися в цьому оповіданні. Моя бабуся, Анні Гордей, була ключовою особою в тому, щоб я закарбував минулі події в своїй пам'яті. Вона бувало гляне мені у вічі і промовить: «Ти. Так, ти повинен все це запам'ятати». Її слова залишились зі мною з раннього дитинства.

Ґордон Ґордей

Я вдячний Анні-Марі Суелл — поетці і культурній освітянці, представниці корінного населення — за перечитку моїх робочих версій, щоб достовірно співставити її власний фермерського досвід життя на перехресті долей наших народностей.

Подяка Деннісу Дж. Уеберу — художнику, метису за походженням і члену канадського інституту портретистів (CIPA) https://www.webergallery.com — за ілюстративний матеріал на книжковій палітурці. Будучи нащадком Луі Ріеля, його присутність і часто повторюване: «Створювати мости між нашими спільними досвідами — це те, що я найбільше ціную в своїх творчих здобутках» — сприяло моєму рішенню поділитися цією розповіддю. Дякую юним художницям Софії та Адріані Уоррінг за створення ілюстрацій до розповіді. Їхнє чутливе сприйняття відобразило моложаву спритність тих, хто обробляли землю, і дух корінних старшин, хто цьому сприяв настановами. Подяка Ірині Федорів за переклад мого голосу в цій розповіді українською мовою.

Його звали Генрі

Він притиснувся посірілою щокою до бічної шиби вантажівки, щоб відчути прохолоду. Я знав, що бачив його востаннє. Мій тато вирулював автомобіль з нашого подвір'я, щоб доставити пасажира до трансканадського шосе. Трохи раніше, того самого дня, тато підібрав його на тому ж шосе, коли той шукав, щоб його хто підвіз; або було б навіть краще, якби йому вдалось знайти підробіток. Доля виявилась доброю і послала йому працю.

Його представили просто Френком. Пообідавши залишками курятини в сметані зі свіжою, щойно з городу картоплею, тато подав Френкові пару нових робочих рукавиць і чоловіки були готові взятись за роботу: складати у копи свіжоскошені снопи пшениці.

Я сидів, опершись об жолоб для напування худоби, і дозволяв його холодним металевим кільцям втягувати липку полудневу спеку. Аж раптом якийсь вибух обірвав мій перепочинок.

Френк, з пополотнілим обличчям зеленого відтінку і зігнутий в дугу, ригав блювотою, що, як мені видалося, тривало довше, ніж міг вмістити один видих. Сметанне пюре з курятини й картоплі вирвалося назовні струменем з усім тим і навіть більше, чим ми пообідали лише півгодини тому. Струмінь спочатку буцімто завис у повітрі, а згодом хлюпнувся до землі одним величезним сплеском. Ригання не припинилося навіть тоді, коли вже нічим було блювати. Мій собака Джек миттю зірвався з моїх колін і завзято прийнявся за кашоподібну масу.

Тато запропонував тремтячому чоловікові трохи води і ригання зрештою вгамувалось. Віддавши татові рукавиці, чоловік пошкандибав до вантажівки й заледве підтягнувся до кабіни автомобіля. Хоча він і радів, що знайшов роботу, але багатогодинна подорож на голодний шлунок все-таки далася взнаки. Я спостерігав, як татова вантажівка виїхала на ґрунтову дорогу і згодом сховалася за темною хмарою пилюки.

Джек кидався взад і вперед, намагаючись заставити мене побігти за ним. Хіба він міг знати, що як тільки я його зловлю, то відразу ж спрямую до жолоба з водою аби змити огидний запах блювоти, що затримався на його язиці й волосинах довкола морди.

Нарешті татів вантажний автомобіль «Fargo», темно-бордового кольору, 1954 року випуску, повернувся додому. Хоча він мав би бути вдома ще годину тому, бо до трансканадського було лише чотири милі дороги. Коли тато завернув автомобіль у тінь, вбік від прибудови літньої кухні, я запримітив у вантажівці пасажира. Хіба він не відвіз попутника до шосе? Але колір обличчя, що виглядало з вікна, не був попелясто-сірим. Обличчя було смугле з карими очима і блискуче білими зубами, що, здавалося, розтягували обличчя від вуха до вуха у широку посмішку.

Щойно ноги в шкіряних мештах торкнулися землі, лахматий і мокрий Джек з оскаленими зубами й опущеними вухами присів перед цим смуглим чоловіком і видав низьке попереджувальне гарчання. Мій тато показався із-за вантажівки, щоб зрозуміти, що відбувається. Я подався вперед, щоб стримати Джека від можливого нападу. Опустивши додолу свій джутовий мішок, незнайомець легко сів навпочіпки і розійняв руки. Широка посмішка не покидала його обличчя. Спокійним і м'яким голосом він промовив: «Я — Генрі». Джекові вуха настовбурчились. Він підвівся на лапи. Гарчання припинилось, а його великий гнучкий язик теліпався взад і вперед. Ще мить, і Джек — досі мокрий через те, що його шерсть не встигла висохнути після купання — кинувся чоловікові в руки і почав його облизувати.

Я гордо вимовив: «Його звати Джек».

Вказуючи на жолоб з водою, Генрі звернувся до тата, що йому хотілося б змити з себе дорожній пил. Тато пояснив, що це жолоб для корів. Він порадив взяти відро, що було поблизу жолоба, і накачати собі свіжої води.

Так ось чому мій тато запізнився аж на годину. Після того, як він підкинув «сполотнілого» чоловіка до шосе, він продовжував їхати дорогою до міста, на випадок, що попадеться ще хтось, кому потрібна була робота.

Генрі скинув із себе зелену сорочку з цупкої бавовняної тканини і прийнявся за, як мені видалось, аж занадто ретельне вмивання у крижаній воді з криниці. Я наблизився до нього, винісши з літньої прибудови виготовлений моєю бабусею кусок мила і рушник. Вільною рукою я міцно стримував за шию Джека, який рвався облизувати свіжовмитого Генрі.

Мама приготувала миску смаженої картоплі, що пахла свіжим з городу кропом, і трохи хліба. Пригостити курятиною в сметані більше не вдалося, оскільки її з'їв попередній гість з блідим обличчям. Батько всіх перезнайомив. Генрі сказав, що скуштує тільки трохи з того, що приготувала мама. Через те, що він вже досить давно нічого не їв, то не хотів заподіяти собі якогось нездужання. Я подумав, що це була слушна ідея, хоча й був певен, що Джека це розчарувало.

Тато зауважив, що надворі ще досить світла, і запитав, чи Генрі був готовий складати пшеничні снопи у ко́пи, щоб дати їм час підсохнути перед молотьбою, що мала відбутися десь за тижні три або чотири. Генрі погодився, але наперед вибачився, пояснюючи, що шкіра на його руках була досить гладкою і на ній можуть на деякий час з'явитися пухирі. Батько підкинув йому пару робочих рукавиць: йшлося не про те, щоб виконувати працю голими руками. Чоловіки знову забралися в кабіну вантажівки і поїхали в поле.

Тієї ночі Генрі зібрався ночувати на сіннику над стайнею. Наш будинок мав тільки одну спальню. Я спав на розкладному тапчані у вітальній кімнаті. Моя молодша сестра спала у дитячому ліжечку на кухні.

Вранці я пішов до стайні аби покликати Генрі до сніданку, але він вже встав і якраз вмивався. Він поцікавився, чи я принесу йому сніданок до стайні, чи до літньої прибудови. Я повідомив, що йому треба зайти в хату, бо це власне там, де ми всі снідаємо.

Генрі затримався біля кухонних дверей, вагаючись, що робити далі. Тато вказав на стілець біля столу

Генрі і Джек подружились.

і жартома промовив українською: «Сідай» — що безумовно було запрошенням присісти до столу. Це розпружило обстановку і Генрі — хоча й ніяково — сів за стіл.

Цього разу він справді добре попоїв яйцями зі смаженою картоплею, кількома шматками хліба, намащеними варенням із саскатунських ягід. Ми розводили корів, то ж у нас було досить молока. Під час сніданку Генрі вимовив тільки дві речі: він сказав, що не питиме молока, тому що його шлунок ще тільки звикає до їжі; а згодом додав, що не вживає кави. Мама приготувала йому чаю з назвою «Red Rose».

За сніданком я зміг краще розгледіти Генрі. За статурою він був схожий на мого батька. Вони здавалися однакового віку й обоє були високими та худими. Хоча, незважаючи на літню засмагу, шкіра мого батька була дуже блідою в порівнянні зі смуглим Генрі. Волосся у мого тата було червонувато-коричневого кольору, тим часом як волосся Генрі було насичено-чорним. В обидвох були такі ж довгі пальці, закручені довкола виделок, якими чоловіки лопатили смажену картоплю з яйцями. Їхні виделки ковзали тонким скрипом по керамічних тарілках із зеленим окантуванням, вибираючи всі залишки помаранчевого жовтка.

Мені було вісім років, але я ще ніколи не мав нагоди знаходитись тривалий час і так зблизька до смуглошкірої людини. Наша громада складалася впереміжку з українських та англійських родин. Єдиною особою, хто виглядав мені по-іншому і з ким хоч на деякий час я знаходився поблизу, коли той набирав мені морозиво, був власник китайсько-канадського кафе Max Тойсун.

Джек явно продемонстрував, що Генрі був його другом. Я сподівався, що Генрі стане моїм другом також. Батько звелів мені піти на горище і відшукати там його старі робочі черевики. Мама пішла до спальні за шкарпетками. Рукавиці вберегли руки Генрі від пухирів, але його зношені мешти, які він одягав на босі ноги, аж ніяк не були здатні захистити його від пухирів, що повиступали на п'ятах. Через те, що вони були майже однакові статурою, татові старі робочі черевики
підійшли Генрі.

Для корів треба було придбати новий соляний камінь для злизування — то ж того ранку тато подався до міста. Він доручив Генрі самому поїхати трактором на край поля і продовжувати викладувати кóпи. Генрі ввічливо повідомив, що він радше б зайшов туди дві милі пішки. Батько вмить здогадався про причину такої дивної відповіді: «Здається мені, що я мушу навчити тебе керувати трактором». Генрі зблід і тепер його шкіра набула такого самого відтінку, як татова. — «Не хвилюйся. Я був професійним водієм у війську. Я тебе навчу і ти станеш вправним у цій справі». Кутики широкої посмішки Генрі напружились і його очі видавали страх. Мені було всього вісім років, але навіть я вмів керувати трактором. Шкода тільки, що батько не дозволяв мені цього робити самому, бо мені бракувало сили натискати на гальма.

Ми з Джеком безпечно стали на відстані позаду жолоба для води. Тато став на кріпленні до причепа позаду Генрі й провів інструктаж: як переключати швидкість, завести мотор, повільно відпускати зчеплення і, звичайно, гальмувати. Не минуло й доволі часу, як тато зіскочив з кріплення і Генрі вже сам керував трактором, роблячи великі круги навколо подвір'я. Генрі скерував трактор до відчинених воріт, що вели далеко в поле. Він помахав мамі рукою і віддав військового салюта батькові, трохи не збивши з голови поношеного, кольору хакі кашкета з дашком. Його широка посмішка ожила знову і він виїхав за ворота у супроводі Джека, який захоплено виляв хвостом.

Після того, як повискладували ко́пи, прийшла черга косити отаву. Я пригадую, як Генрі з сіновозом з'явився вдалині і наближався дуже повільно. Такий повільний рух коней був би звичним, якби сіновоз був вщент наповнений сіном. Але на дні сіновоза лежало хіба що декілька футів сіна. Генрі гукнув, щоб я покликав маму. Щось явно було негаразд. Я підбіг до сіновоза і побачив там тата, що лежав на сіні, обіпершись на передні поручні. У мами сталася паніка, але тато вигукнув, що з ним все було гаразд і що він тільки побив спину. Але як би він не намагався терпіти, йому очевидно було дуже боляче.

Оскільки мама взагалі не вміла бути за кермом, а Генрі не вмів керувати вантажівкою, їхати по допомогу треба було трактором. Тата зняли з сіновоза й допомогли завести в хату. Генрі забрав сіновоз із кіньми назад у поле. Залишивши їх там, він звільнив трактор і направився бічними дорогами за допомогою до мого діда, який жив якихось півгодини їзди від нас.

Тато розповів, що сталося. Генрі працював на тракторі, а тато на мотограблях стягував докупи сіно і збивав його у валки для навантаження і перевозки. Мотограблі розрухали приховане гніздо земляних ос і оси напали на коней, які слухняно тягли сіновоз слідом за трактором.

Генрі зупинив трактор, а тато зіскочив із мотограблів, щоб стримати коней. Коні зірвалися з місця і сіновоз, зачепивши кутом тата за спину, тягнув його доти, аж поки Генрі не вдалося повністю зупинити коней. Мої дід і вуйко приїхали і забрали тата до шпиталю. Генрі повернувся трактором трохи пізніше, бо найвища швидкість, з якою трактор міг рухатися, була всього чотири милі на годину.

Пізніше ввечері батька привезли додому. Налягаючи на милиці, він дуже обережно зайшов у хату. Я пригадую, як всі перешіптувались про те, що тепер станеться з господаркою на фермі. В певний момент, Генрі також включили в цю розмову. Мені не треба було дослуховуватись до сказаного, щоб зрозуміти, що тепер Генрі разом із моєю мамою приймуться за те, щоб довести справу з сіном до кінця.

Напочатку все складалося досить добре, але не з батьковим одужанням. Мазі Воткіна, що видавали запах ментолу, і пігулки проти болю не сприяли відновленню мобільності й не стишували біль. Широкий, рожево-коричневого кольору, пересувний пояс-фіксатор для підтримання спини, який татові приписав лікар, тільки щоденно підсилював заціпеніння. Часто вночі я чув, як тато голосно стогнав, намагаючись віднайти зручне положення в ліжку. Наступний візит до лікаря не приніс кращих результатів. Тато був дуже невдоволений.

Тижнем пізніше біль, здавалося, погіршився. Генрі попросив позичити трактор, аби кудись з'їздити. Надворі вже три дні падав дощ і це призупинило всі осінні роботи. Тато дав згоду; але я пам'ятаю, що мама хвилювалась, аби Генрі не покинув трактора десь поблизу шосе, а сам не виїхав куди-небудь на попутці через те, що його завантажили лишньою роботою.

Згодом вранці Генрі кудись поїхав і ми не почули Джекового гавкання, яким він зустрічав Генрі, аж допізнього вечора. Наступного ранку після сніданку Генрі оголосив, що мав щось сказати. Для нас було незвичним бачити Генрі з опущеними додолу очима, коли він звертався до моїх батьків, бо він вже встиг призвичаїтись до нашої родини. Я був певен, що мама мала рацію, думаючи, що Генрі зібрався нас покинути.

Виваженим і поміркованим голосом, Генрі пояснив, що він об'їхав трактором два сусідніх поселення, розпитуючи про те, де можна було б відшукати «Старого Індіанця». Він сказав, що його бабуся радила не випускати з виду одного з її давніх друзів народності Крі з назвиськом «Старий Індіанець», який любив мандрувати, куди тільки ноги занесуть. Старий раніше покинув Ред Рівер в околицях Манітоби, звідки походив Генрі, й ходили чутки, що він перебував десь поблизу Седл Лейк в північно-східній частині Альберти. Генрі розповів, що він дізнався про те, що «Старий Індіанець» тепер розташувався в заростях між Іннісфрі й Ренферлі, щоб виловлювати сильцями бобрів, допомогаючи

Коні зірвалися з місця і сіновоз, зачепивши кутом тата за спину, тягнув його доти, аж поки Генрі не вдалося повністю зупинити коней.

таким чином місцевому фермереві з його ланами, які заливало водою через те, що бобри активно створювали там свої запруди.

Розповідь ставала все цікавішою і будь-які забавляння надворі мусіли зачекати, незважаючи на те, що я вже був обперезаний шістьма іграшковими наганами на зразок Kid Colt.

Ґенрі пояснив, що він розповів про татову травму спини «Старому Індіанському Чоловікові», який був цілителем. Старець сказав, що він носив свою торбину з ліками при собі й міг би допомогти татові, лиш би той йому дозволив спробувати.

Ґенрі запитав, чи тато сердився на нього за те, що він спалив стільки пального у тракторі поки розшукував «Старого». Я пригадую, як я аж підскочив з переляку, коли тато гримнув: «Так!». Ґенрі також знітився, думаючи, що татове «так» означало, що йому й справді прийдеться непереливки через те, що він використав так багато пального на їзду трактором. Потім мій тато глянув на Ґенрі: «А коли можна це зробити?»

Ґенрі роз'яснив, що «Старий» йому повідав про те, що треба буде звести парильну споруду і назбирати певних трав. Через роботу в полях, які дозрівали найближчими днями, Ґенрі думав, що йому знадобиться принаймні тиждень, щоб звести парильню у вільний від роботи час. Батька це не влаштовувало. Він сказав Ґенрі, аби той поїхав і привіз на підмогу мого діда.

Мій дідо знався на столярній справі й швидко збагнув, що таке парильня, і як Ґенрі хотів, щоб її змайструвати.

Генрі ж відправився вздовж огорожі, що відмежовувала наше подвір'я від дороги, аби нарізати вербових і тополиних саджанців. Очистивши стовбурі від галуззя, він їх розмістив по колу, пригнув верхівками і зв'язав докупи дротом.

Дідо витягнув з повітки довгі рулони брезенту, що вживалися на господарці під час збирання врожаю, і розтягнув їх поверх структури, повністю її накривши. Генрі тоді підібрав відкинуте галуззя і взявся його переплітати, з'єднуючи поли брезенту. Старий верхній одяг і ковдри, які лежали в господарській прибудові, щоб інколи накривати ними взимку худобу, принеслося до структури, яка набувала куполовидної форми, і викладувалося зверху шарами, щоб закрити будь-які щілини. Декілька саморобних дощок було збито докупи аби збудувати такого-сякого лежака. Його прикрили великою старою ковдрою, яку мама винесла з горища.

Я бачив ілюстрації іглу в шкільних підручниках і сам будував таємні фортеці, але ця «хата-парильня» була найкраща в моїй уяві для дитячих ігор! Тато спостерігав за всім, що відбувалося, і я бачив, як він сердився через те, що він не міг нічим зарадити, хіба що пояснити дідові і Генрі, де відшукати приладдя та інші необхідні в процесі роботи речі. Мама була зайнята невідмінними щоденними обов'язками: годуванням корів, свиней і курей. Я наглядав за модошою сестрою.

Мені аж полегшало, коли Генрі запитав маму, чи може він взяти мене з собою на тракторі з пересувним причепом, щоб привезти каміння для парильні. Дідо якраз завершував роботу над входом і Генрі попросив його накладати дров для вогнища поблизу парильні для нагрівання каміння.

Перед полуднем наступного дня хата-парильня з усіма необхідними дровами й камінням була готова. Генрі сказав мені, що «Старий» наказав приготувати всередині парильні кущ шавлії і живиці з чорної тополі, яку він збирався запарити разом із березовим мохом для виготовлення мазі. Мама також повинна була мати напоготові гусячий жир, суху гірчицю і часник для мазі. Мене це заінтригувало і я зосередився, щоб запам'ятати всі ці деталі, тому що моя бабуся наказувала мені кілька разів, що я був власне тим, хто мусів «пам'ятати».

Прийшов день, коли все було готове. Одного дуже холодного осіннього ранку дідова вантажівка показалася на нашому завулку. Генрі раніше розповів дідові, де відшукати «Старого». Він висадився з вантажівки обережно й некваливо. Він і справді був поважного віку.

З-під поношеного старого сірого капелюха виступало сиво-біле волосся, заплетене в коси і зв'язане шкіряними шнурками. Я ще ніколи не бачив людини зі стількома глибокими засмаглими зморшками на обличчі й чолі. Його очі були глибоко посаджені і мали такий самий впевнений вигляд, як у мого діда. Такий, як у нього плащ типу Гадсон Бей я бачив в житті вперше. Його плащ мав досить новий вигляд в порівнянні з його поношеним одягом і стоптаними черевиками. Чотири смуги — жовтого, червоного, зеленого і чорного кольорів — все ж таки виділялися незвичайною яскравістю. Невелика, вироблена зі шкіри й вишита бісером сумка висіла навскіс грудей, прилягаючи до бедра. У нього була з собою мала торбина муки і якісь припаси на випадок ночівлі надворі. Він одразу попрямував до спорудженої хати-парильні, а потім назад до діда. Обидва «старих» глянули один на одного і просто кивнули. Здавалося, що вони зналися все своє життя. Вони не мусіли розмовляти, бо кожен з них знав, що було потрібно робити. Джек кидався сюди-туди поміж них наче він теж розумівся на тому, про що вони не говорили.

Приготування розпочалися негайно. Генрі розпалив вогнище і десь за півгодини гірка вугілля запалала жаристим сяйвом. Дідо накотив каміння на розжарену гірку. Їдкий запах наповнив повітря, коли лишайник і болото почали згоряти на розпеченому камінні. Генрі наповнив жолоб для худоби водою і зручно приготував декілька відер води при вході до парильні. «Старий» розташувався в літній кухні, щоб приготувати мазь із тих складників, які Генрі і я назбирали, і тих, які наготувала мама, та ще інших, які знаходились у шкіряній медичній торбині «Старого». Він приготував дві мазі: одну для використання під час потіння і другу, яку мама мала наносити татові на спину на ніч.

Сидячи рівно в кріслі під хатою, тато спостерігав за всім із цікавістю й нетерплячістю. Кілька днів тому Генрі повідомив татові, що «Старий» хотів, аби тато припинив приймати пігулки проти болю і перестав одягати обтягуючий пояс, які йому приписав лікар. Щодня тато також мусів пити якнайбільше води. Джек все тулився до татового стегна і клав голову на його коліна, відчуваючи татів біль.

Коли майже все було приготовлено, двоє «старих», Генрі і мій тато зібралися коло хати, щоб закурити. Жовтого кольору тютюнова банка Vogue передавалася по колу разом із папером марки Zig Zag для скручування тютюну. Кожен чоловік сам скручував собі тютюн. Вони курили майже без розмов. Я спостерігав за ними з відстані поблизу вогнища, бо мені дали завдання підкидати дров до вогню, щоб наробити вугілля. Ми ще ніколи не розкладали такого великого вогнища вдома через те, аби вогонь не поширився далі. Тепер я розумів, чому парильню змайстрували так близько до жолоба з водою.

Покуривши, «Старий» таким самим м'яким голосом як у Генрі пояснив, що він робитиме. Пояснення було коротким. Він глянув на батька: «Ти ляжеш на дошки, а я робитиму пару. Я натру тебе маззю і натискатиму на кістки. Ще більше пари. Я знову натру тебе і ще сильніше буду тиснути на кістки. Ти будеш стійким і сильним. Завтра ми все це повторимо знову».

Дідо і Генрі взялися за лопати й почали набирати гаряче каміння у два металеві відра, які Генрі заніс у парильню. Генрі також приніс відра з водою і стару бляшанку, щоб черпати воду і поливати нею розпечене каміння. Пара почала накопичуватись. Та пара, що проникала в повітря через шпари, пахла шавлією так само, як наші пасовиська під час дощу в спеку. Я дуже любив цей запах.

Приїзд «Старого», щоб зцілити тата.

«Старий» і Генрі підсобили татові дійти від хати до парильні. Тато підтримувався обома руками за їхні попереки, міцно стиснувши зуби, щоб не скрикнути від болю. Я боявся за те, що станеться з моїм татом. Джек тихо спостерігав з відстані, інстинктивно знаючи, що не міг заважати. Водночас я відчув, як мною опанував спокій. Цей спокій прийшов, коли я побачив, як дбайливо Генрі і «Старий» підтримували мого тата до парильні. Я був певний, що «Старий» робив це не перший раз.

Мені пригадується, що ми три рази заносили свіжо розпечене каміння. Я пам'ятаю, як «Старий» виглядував з-поза низького входу до парильні: без сорочки, зі звисаючими косами, з яких скапувала вода. Я пригадую, що Генрі також скинув з себе сорочку, коли ми підтримували вогонь, щоб не дати йому потухнути, і все носив до парильні воду. Я пам'ятаю діда, що сидів у кріслі під хатою, курив і гладив Джекову голову. Я згадую, як мама виносила канапки з вареною ковбасою і чай з булочками, начиненими саскатунськими ягодами. Я не пам'ятаю, чи тато видавав які-небудь звуки з парильні. Трохи згодом, чоловіки напів винесли його звідти, загорненого в ковдру, і запровадили до будинку. Тато мав кволий вигляд, але його стиснуті зуби розійнялися у маленьку посмішку. Дідо поїхав додому, щоб повернутися наступного дня. «Старий» і Генрі розмістилися на ніч у стайні. Я пригадую, що «Старий» наказав Генрі підвестися вночі і припильнувати, щоб не погас вогонь. Пізно по обіді наступного дня весь процес повторився знову. Поки підігрівалося каміння, чоловіки передавали по колу тютюнову бляшанку Vogue. Я був переконаний, що у татових очах з'явився деякий блиск. Я ніжно його обійняв. Він пахнув часником, хвоєю і шавлією. Це був приємний запах. Мені теж захотілося розділити цигарку з «чоловіками».

Занесли розпечене каміння і Генрі облив його водою. Цього разу достатньо було тільки «Старого» й мого діда, аби завести тата до парильні. Декілька годин згодом тато з'явився назовні. Загорнутий в ковдру, він зміг дійти до будинку лише з-за підтримки свого тата — мого діда. Джек слідував впритул, помахуючи хвостом, бо відчував, що татові стало краще. «Старий» і Генрі вилили на себе відра свіжої холодної води, яку накачали з криниці. Генрі повідомив мені, що тепер можна дозволити вогню потухнути.

«Старий» попросив, щоб дідо завіз його назад у ту місцину, де він виловлював бобрів, і повернувся за ним десь так за тиждень, аби повторити парильну процедуру.

«Розумію» — погодився мій дідо українською. «Старий» достатньо спілкувався з навколишніми українцями, щоб зрозуміти, що означали дідові слова. Мама спакувала в дорогу «Старому» декілька булочок з саскатунськими ягодами. Чоловіки залізли у вантажівку і вирушили в дорогу.

Тепер у мене з'явилася нагода закрастися у темний берліг парильної конструкції. В темноті запах шавлії і запах старої ковдри здавалося зависли там у вологому повітрі. Я знав, що міг провести цілий тиждень у цьому надзвичайному схову-фортеці, аж поки не повернеться «Старий».

«Старий» і Генрі підсобляють татові
до хати-парильні.

Генрі повернувся до роботи на сіножаті, а мама взялася різати кури і закручувати м'ясо в банки на зиму. Через моє бажання допомогти, я оголосив, що відповідатиму за годівлю свиней. Найкращим було те, що за декілька днів мій тато підвівся з ліжка. Його хода була все ще дерев'яною, але він посміхався і жартував, що для того, щоб Генрі опанував фермерську справу, йому ще було необхідно навчитися доїти корів. Генрі відважився спробувати. Але лагідної вдачі корова, яку запропонували Генрі для доїння, відчула чужі руки й не припускала молока, навіть коли Генрі все сильніше стискував пальцями. Моя мама сміялась з того, як Генрі намагався увійти в ритм доїння. Корова щосили вимахувала хвостом аби шмагнути ним Генрі по обличчі. Генрі майже гепнувся задом зі свого триніжного стільця. Він розсміявся і попросився покинути доїння аби спробувати себе в господарці по догляду за свинями. Всі — включно з коровою — відчули полегшення.

Мама ретельно виконувала вказівки «Старого» про накладання мазі і тато більше вже не скрикував ночами від болю. За тиждень «Старий» повернувся. Тато вийшов його зустріти. «Старий» привітався, вигукнувши укра-їнською: «Як си маєш?», що мало означати «Як твої справи?». Батько відповів українською: «Дуже добре». Обидва чоловіки голосно розсміялися. Генрі розпалив вогнище. Каміння нагрівалося, цигарки скручувалися і запалювалися. Цього разу масаж у парильні тривав лише пару годин. Після цього тато міг сам перейти до будинку. Ми всі сіли за стіл пообідати.

«Старий» повідомив, що не було більше необхідності йому повертатися. Він глянув на мого тата і запитав українською: «Добре, Джон?». На що тато відповів:

«Добре» — і добавив: «Дякую» — також українською. Я не пригадую, чи хто коли-небудь промовив ім'я «Старого». Проте в цьому не було потреби — кожен відчував повагу до нього за те, що він виконав.

Дідо віддав «Старому» решту тютюну в бляшанці Vogue і свіжий пакет папірців для скручування цигарок Zig Zag. Мама зібрала в невеликий мішок трохи городини: картоплі, цибулі, часнику, ріпи, огірків. Генрі і «Старий» поклали один одному на плечі простягнуті руки. Вони не обіймались. Генрі пообіцяв передати вітання «Старого» своїй бабусі. «Старий» підійшов до мого діда і попрощався з ним таким же ж способом. Хоч я був ще дитиною, я розумів, що таке невимушене прощання вказувало на просте бажання людей допомогти один одному так, як я це відбувалося між іншими нашими сусідами.

Жнива продовжувались. За кілька тижнів мій тато повернувся до праці в полі і виконував необтяжливу роботу, щоб не надірвати м'язів спини, які ще гоїлися. Нас троє розібрали парильню. Генрі і я перетягнули каміння з місця, де розкладалося багаття, до курника, щоб укріпити дерев'яну підвалину проти койотів, які намагатимуться прорити собі шлях до курей.

Мені пригадується, що осінні ночі все холоднішали. Тато вирішив, що Генрі більше не повинен ночувати в стайні, хоча туди й було навезено досить свіжого сіна.

Тато покликав на допомогу діда, який разом з Генрі утеплили горище, набивши тирси в поміж крокви, і таким чином облаштували велике тепле приміщення для спання. Тирса у нас лежала на великій купі поблизу домашньої столярні, яку збудували мої тато з дідом. На моє здивування, моє ліжко-розкладач- ку перенесли на горище і розмістили там разом із ще одним розкладним ліжком, яке дідо привіз від себе. Чи то «Старий» мав повернутися до нас? А чи я спатиму на підлозі? Та ні — друге розкладне ліжко на горищі було для мене. Я і Генрі будемо сусідами по кімнаті.

Це було неймовірно чудово! У нас навіть була своя нафтова лампа, таз для вмивання і відро для води зі старим поливаним черпаком для пиття. Пригадую собі, як спостерігаючи за Генрі, коли той вмивався, мені хотілося, коли виросту, мати такі ж м'язи, як у нього. Мій тато був жилавої і сильної статури і перемагав Генрі в рукоборстві. Але Генрі мав такі м'язи, що випиналися опуклістю на руках і довкола грудей. Мені хотілося мати саме такі м'язи. Генрі відповідав за нафтову лампу і дозволяв мені залишатися допізна, тому що я ділився з ним своїми коміксами. Ми бувало лежали і читали комікси, а потім перекидали один одному ті, які щойно були прочитані. Йому подобались комікси про ковбоїв, але було байдуже до коміксів про Каспера Приязного Привида. Я дражнив його, що він боявся привидів.

Жнива закінчились. Тато і Генрі закидали повний тракторний причеп пшениці й повезли на продаж до міста. Коли вони поверталися, я зачув гул трактора і скрип порожнього причепа ще досить здалека. Коли, сповільнивши ходу, вони заїхали на подвір'я, Генрі зіскочив з-позаду причепа. У нього на ногах були нові напівчоботи з яскраво-помаранчевими шкіряними шнурками, що кілька разів обв'язували верх халяви довкола щиколотки. Штанини були по-військовому заправлені двома передніми складками всередину точно так, як це йому колись показав мій тато. В руках він тримав загорнутий в коричневий папір пакунок, в якому, на вигляд, містився якийсь одяг.

Того ж дня після вечері Генрі повиносив з кухні надвір крісла і розташував їх довкола дерев'яного ящика з-під Кока-Коли, перекинутого набік, щоб послужити за столик. Тато виніс поливане відро бежевого кольору і направився до колонки, щоб набрати свіжої холодної води. Мама вийшла, тримаючи в руках святкового кришталевого дзбанка і кілька склянок на листі для випічки, що слугував за тацю. Вона повернулася вдруге, винісши з хати велику банку з концентратом Watkins Lime Cordial, щоб розбавити його в дзбанку свіжонабраною холодною водою. Lime Cordial вказував на те, що це було особливе святкування, бо ніхто не знав, коли наступного разу до весни в околиці з'явиться комівояжер — представник фірми Watkins. Солодкий і запашний Cordial не продавався в місцевих крамницях. Генрі ніколи раніше не куштував цього напитку і я здогадувався, що він насолоджувався ним не менше, ніж я. Осіннє повітря було тихе і наповнене своєрідним запахом дозріваючих ягід дикої журавлини, що кущилась вздовж західної стіни нашого житла. Моя сестра спала. На другому кінці подвір'я Джек притулився до прохолодної стінки жолоба з водою для корів і також спав.

Завтра Генрі має встигнути на міжміський автобус Greyhound, щоб дістатися назад до Манітоби. Щоб заплатити Генрі за роботу, тато отримав у банку грошовий аванс за проданий причеп пшениці. Мама подякувала Генрі за те, що він знайшов «Старого», переконана, що якщо б цього не сталося, то татову спину ніколи б не вдалося вилікувати. Генрі змусив моїх батьків пообіцяти йому, що його спальна кімната на гориці чекатиме на нього до наступних жнив. Він сказав, що постарається відшукати «Старого» ще раз, аби знову привезти його на відвідини. Влаштовуючись на ніч, я чув як вони сміялися і жартували з Генрі про те, як він навчився керувати трактором, але так і не освоїв доїння корів.

Над'їхав Greyhound і, зупиняючись, прошипів гальмами наче полегшено витиснув з себе повітря. Генрі й тато потиснули один одному руки. Генрі потиснув і мою руку. Коли він піднявся по східцях автобуса зі старою валізою в руках, яку ми йому дали в дорогу, мені в очі кинувся його стильний вигляд: нові штани, черевики і картата сорочка. А ще він тримав спаковану мамою торбинку з обідом. «Побачимось, Джоне» — звернувся Генрі до тата. А потім: «Зустрінемось в коміксах, Ґордоне».

Двері автобуса зачинились з характерним подвійним натиском важеля безпеки. Автобус все віддалявся, а усміхнене обличчя Генрі залишалося притиснутим до шиби.

Чи повернеться Генрі наступної осені?

Його звали Генрі. Я знав, що мамі з татом його буде бракувати. Джек напевне кілька днів поспіль бігатиме взад-вперед дорогою, виглядаючи Генрі.

Я не міг дочекатись наступної осені, коли він повернеться до нас, аби показати йому, як зміцніють мої м'язи. Адже ж до того часу, мої ноги вже повинні б достатньо видовжитись, щоб я сам міг керувати трактором.

Тієї ночі нафтова лампа була на моїй відповідальності. Коли надійшла година вкладатись спати, я поклав декілька коміксів на ліжко Генрі. Він був моїм найкращим сусідом по кімнаті.

- КІНЕЦЬ -